歌集

虎落笛《もがりぶえ》

波汐國芳
Kuniyoshi Namishio

角川書店

虎落笛＊目次

〈I〉　落暉の譜

〈Ⅱ〉再起の譜

装丁　岸顯樹郎

歌集

虎落笛

もがりぶえ

波汐國芳

〈I〉落暉の譜

虎落笛

虎落笛《もがりぶえ》　泣く声ならね福島の人ら覚めよとノックするらし

終《つい》の世の歌のしらべや天に哭き地にしうおーとひたに吠ゆるを

草深野セシウム深野に生《あ》るる歌　虎落笛より生るる其《そ》を聴く

歌たちが来たようですね虎落笛切《せつ》にせつなく呼んでいるから

ああ福島起《た》たす心の一しきり何を奏でん虎落笛とや

虎落笛福島の地に奏《かな》ずるを被曝九年のおもいならずや

福島にほんとの歌をみちびかん吾妻嶺の風　笛吹くような

独り居は乙な味だね虎落笛　がさっと雑事もさらってくれて

血を売る婆

妻看取る夕べを風の獣らが声黒々と吠えたてめぐる

癌の妻　癌に負けぬと言い張るを根こそぎにする我のいたわり

仔羊の如き妻をば病棟にまもりて夜々を吠えたきわれぞ

病臥の妻に付き添う深夜、ふと黒塚の故事が脳裏過《よぎ》れば、

妻の血の稀薄な夜更け額《ぬか》照りて血を売るという婆訪ねんか

病む妻が死のうというのを心無し　拒んで泳いだこの命です

足枷が重くて重くて白雲のすいすいあなたと飛べなかったね

おお我の存在の量　天秤の妻の揺れ揺れに測りてみるも

妻逝きて支え無くしし身の芯のきりきり痛む反り返るまで

蝶一つ

花摘みの召使ぞや異次元の妻なり妻のその花明かり

蝶一つひらひら視野ゆこぼるるを呼び戻したき汝《なれ》の霊《たま》ぞや

鐘の音《ね》のおんおん泣くを黄泉《よみ》の世の汝《なれ》が苛《いじ》めに遭ってるような

電灯を向けてあげよう黄泉国の黄泉醜女《よもつしこめ》よ吾妻《つま》追い返せ

おお汝《なれ》は私の卑弥呼　朝鏡《あさかがみ》きらと額《ひたい》のかがやきいしを

トド吠ゆ

火葬炉に妻焼き戻る野の夕べゆらゆら我も炎立ちたり

草深野セシウム深野其《そ》に住みて遂に一生を終えし妻はや

妻の死を早めたるもの何処までも手繰れど尽きぬこの悔い深野

夕間暮れ　はぐれし連れを呼びながら遂にし我も見失いたり

妻逝けば北極海に哭く声の吠ゆるが如きトドとなりしか

烈風に撓う

妻が逝き支え無くしし我なれば秋風のなかふとよろめくも

木枯らしの夕べを天に叫ばんか阿武隈川の喉乾くまで

樹々の声集めて聴くを古里の汲んでも汲んでも尽きぬ井戸なり

妻亡くし寄るべ無くししこの木立　風吹けば風に削がれて鳴るも

森の奥あな妖精と出合いしか声もかけずにすれ違いしを

遠見れば行く影ひとつ薄野のすすき移しのわたくしである

妻逝きてどさりと重き身の内の悲しみ一つ傍らに置く

妻逝きて荒磯の浜に立つわれか烈風のなか撓うる心

生きし証し

妻の忌の献杯に友は笑えという　笑って鬼の顔になったね

ああ汝《なれ》は清《すが》しきおみな窮屈なこの世抜け出《い》で天に在《おわ》すを

福島やセシウム深野悔い深野手繰りたぐるを夕光の紅《こう》

春一番　魂までも撓わせて活いれ呉れしを思う汝《なれ》こそ

墓誌の碑に我と妻との歌彫れり平成生きし証しの二つ

磐梯のそびら

磐梯の爆ぜ痕に立つ清しさや言いたきをざぶり空《あ》けたるも又

一つ根と思えば親しき熱さかな磐梯のマグマ　私のマグマ

そびらだけ残る磐梯清《すが》やかに物思う胸の無きも又よし

被曝後を訪う磐梯ぞ　磐梯に重ねて軽くなり行くこころ

怒りをばうたえ　磐梯さわらびの楽譜が楽を奏ずるからに

セシウムの無きオアシスはいずこぞや裏磐梯の橅林のなか

翳りゆく裏磐梯を胸として抱くに遠き沼光りたり

レンゲ沼の水面《みなも》豊けし樹の枝《え》よりほら鶯の声こぼるるを

会津嶺と共に駆くるを山頂の傾きかけて天なだれたり

南天の紅

南天の紅《こう》食《は》み鵯《ひよ》の飛びたてり揺りつつ発《た》てば紅こぼるるや

雪積めば撓む孟宗のしたたかさ被災われらは誰が頬打たん

雪撥ねてまだまだ若き南天の紅は返さん夕陽の中へ

福島に何を討てとや紫蘭の芽　矛《ほこ》を掲げて兵士のごとし

阿武隈川起《た》たす荒川のみなもとを橅《ぶな》の一樹に探り当てたり

雨脚の嵩むを見れば福島に起ち上がりゆく一つぞ川も

福島や烈風のなか　ともる灯の今かこぼれん百合花の蕊《しべ》

風ありて凌霄花《のうぜんかずら》の揺るる花　ゆらゆら炎が歩み出《い》でたり

夕顔の白が際立つ夕まぐれ妻丹精の花なればこそ

被曝拾遺

除染とて削《そ》ぎとらるるを野紺菊のむらさき深きその静ごころ　〈一〉

起《た》つ心未《いま》だ残るを汲みあげん浜昼顔のその底ひより

安達太良《あだたら》山の空明るきも容《い》れ来てや被災の心を癒すこの川

球根の芽が起《た》つ庭に起つ嘴《はし》の次々に起ちセシウムを食《は》め

おお、福島今にも沈んでしまいそう原発事故がこんなに重い

福島にほんとの海を呼び戻せ鷗の咽喉の紅尽くるまで

セシウムの居らぬ夜が欲し合歓花の睫毛さやさや眠りの間こそ

雪深野　セシウム深野ひた分けてゆけば陽《ひ》あたる街に出《い》でんか

福島にほんとの海が戻らぬを死者ら泣く声　磯の洞《ほら》より

万葉の恋歌呼ばん真野沖の被曝の貝の口あけやるを　〈一一〉

真野は万葉の歌人笠郎女の恋歌（巻三・三九六）で知られる。

福島産葡萄贈らば福島ゆ放射能が来《く》と疎まれんかも

郭公よ瓦礫の街に来て鳴けば海遠光る古里呼ぶや

放射能に追われ追わるる道すがら己が足音に振り向くわれぞ

神棚へ雨後の榊の二枝切る　セシウム佇つを危ぶみながら

髪燃えて老いらが雪を運ぶさえセシウム運ぶ獄吏と思う

振り向くを嘗ての原発銀座とや透きて動ける他界のひとら

うつくしま　とんでもないね　犬掻きの掻いても掻いても地獄島だね

大熊町ああ爆《は》ぜ痕の大熊町過去世筒抜けの伽藍洞である

トリチウム残りのあらば「鰐ヶ淵」に鰐現れて喰らい尽くせよ

「鰐ヶ淵」はいわき市にある危険海域。

ああ福島うつくしまなんて乗せられて軌道を逸《そ》れたＳＬだった

セシウム禍危ぶみ訪いし「滝桜」枝垂れしだれて天引き込むも

命の分水嶺

じりじりと蟬啼きしきる夏深野吾が命吾《わ》に戻り来し日や

終戦は分水嶺ぞ二分けに命の軽さ　命の重さ

命とはこんなに赤く熱いもの夕べを囲炉裏《いろり》囲んで思う

洗脳の半《なか》ばなりしか本音にて身を捨つるとは思わざりけり

戦いに負けし軍閥《ぐんばつ》　軍閥に負けし政治が統《す》べしこの国

夕陽へ続く道

ＣＴのトンネル抜けて廊の奥そこにはあなたの死が待っていた

夕顔の花より抜けしのっぺらの顔白々と妻身罷りぬ

被曝禍に妻も逝きしと思いつつぶらんこ漕ぎて蹴る夕焼けを

逝く汝《なれ》の御霊《みたま》と思う夏蝶のさらばさらばと大見得切るを

百日紅の道は夕陽に始まるを手繰ってもたぐっても尽きない紅《こう》だ

福島や花明かり道あの山を越えたる辺《あた》りふと欠くるかも

最終のバスを降りんと振り向けば後部席なる夕陽の笑い

サルビアの朱《あけ》が縁《ふち》取る道ゆかん夕焼け空へ続くこの道

ああ我の明日のその明日遠退きてずんずん小さくなりゆくが見ゆ

夕間暮れ紛るる泣き虫わたくしを後追うもう一人の私がいる

雲走る山の向こうの嬬恋村つま恋う男《お》らに吾《あ》もつらねんか

炎立つ

被曝地の沼にし映る向日葵の首上げ起つに癒えゆくこころ

（その一）

今年又来る白鳥かこの町を巡りて花のごときがふわり

もぎたての柘榴地に置く炎立つ被曝のおもいも鎮めんと置く

トリチウム流す海とう輝《て》る波のほんとの海がまだ戻らない

福島の魚食《は》みたきを福島に其《そ》をし阻むは如何なる鬼か

櫟林を水立つ音のさやさやとああ福島に起ちあがらんか

熊笹の風のわらわら猪ら縄文時代を連れて戻り来

この夕べ窺《うかが》うごとく裏畑に菜の花立てりセシウム立てり　（その二）

原発事故　自業自得か緋柘榴の嗤《わら》うごときは己へ向けよ

福島の灯台の灯を闇深きわれへ　みちびく自分探しぞ

被曝して人住まぬ家連なるをその窓越しに暗き奥見ゆ

稲妻の閃く中に振り向けばセシウムがそこの樹下《じゅか》に来ている

何処までも尽きぬ悔しさああ汝《なれ》は何で私を残して逝くの

妻逝けば火に葬らるるしきたりのみるみる炎立ちゆく心

放射能に追われて行くを村はずれ角《つの》光らせて振り向く牛ら

遠尾根の熔岩流をみちびかん原発被曝のうつろな胸へ

五月闇

二〇一七年六月十五日、参院本会議で「テロ等準備罪」対象の改正組織犯罪処罰法が強行採決される。

眼と耳の冴えゆく夕べ　今其処で悪魔が私を窺《うかが》うような

文明の破滅うたえば稲妻の閃き移しに官憲の矛《ほこ》

人類の危機を詠むわれ　人類を惑わすとして捕えらるるや

国のため死ねと教わり征きし吾《あ》に親さえ否と言えぬ世なりし

反原発の歌詠む我を熊笹のざわざわ誰かが追いくるような

文明のストップ論等歌いつつ噫《あな》転向を強《し》いらるるかも

たった今誰かが嗤《わら》い　ありありと拷問さるる多喜二も見え来

人類の破滅ひた詠む我が歌よ拷問さるれば声あげんかも

今そこで誰かが笑う　げらげらと笑うは菊の紋ある銃口

歌友の父山本宣治を殺《あや》めたる黒きその手も見えて来る世や

鬼剣舞面

頂きし鬼剣舞面其《そ》をかぶり真夜舞い舞わん炎《ほむら》立《た》つまで

鬼の面かぶりてわれの舞い舞えばセシウムを討つ鬼とならんか

老優の大見得切るに連なりて文学賞の鬼面をかぶる

文学賞の鬼の面とぞ其《そ》をかぶり真夜　福島の鬼となりたる

この夜半を炎立つまで鬼剣舞面もてわれは短歌の鬼ぞ

遺産

被曝地に夕顔の苗　夕顔の笑みを次々分けし妻はや

ああ汝《なれ》の友への遺産　夕顔の分けても分けても尽きぬ笑みだね

「霊山《りょうぜん》」にあなたと来たね今訪えば樹の間の向こうに笑うあなたが

「霊山」は阿武隈高地北隅の雄峰。

在りし日の汝《なれ》顕《た》ち来るを霊山の疎林の中にひた呼ぶわれか

妻逝けば雨後の悲しみ止め処《ど》なく雫滴る夕顔の花

葉牡丹の渦

「花渦忌」汝《なれ》の化身の蝶ひとつエンゼルトランペットに呼ぼう

妻には歌集『花渦』があり、歌友らは妻の命日を花渦忌と呼ぶ。

我が終《つい》の瞬も見ゆるや夕暮るる小暗き窓を静かにひらく

夕あかね何を照らそう　今われにたった一つの寂しい心

つくづくに終《つい》の馬鹿かな夕間暮れ無くした私を探しています

妻在《ま》さば妻率《い》てゆくを大会へ葉牡丹の渦巻き戻さんか

大会は潮音第二十四回全国大会（京都）である。

ああ汝《なれ》の黄泉《よみ》への潮路波の秀《ほ》の照るを手繰ればやがて尽きるや

角《つの》隠しの意味を諾《うべな》うこの夕べつくづくあなたは赤鬼ですね

わが胸は鳴門渦潮ひねもすを汲んでも汲んでも尽きぬ渦です

この夜寒《よさむ》　此処においでと祭壇の妻の骨壺揺すりてみるを

竹蜻蛉ぐんぐん飛ばせば屋根の縁《ふち》越える辺りはもう他界だね

味噌汁に試験操業の貝煮つつ灰汁《あく》の渦巻たぐりいるなり

カロンの渡し舟

稲妻の空裂きざまに鬼の漕ぐ舟あり舟の中なる汝《なれ》か

渡し舟　夕焼けの舟漕ぐ音のにぶきに汝《なれ》の呼吸重なる

稲妻の遠閃きに櫓を漕がば鬼のカロンとなりゆくわれか

「鬼のカロン」はダンテの神曲「地獄篇」のアケロン河の渡し守。

地獄島

原発爆ぜ噫《あな》すかすかの大熊町そこから何が見えると言うの

福島第一原発は大熊町と双葉町に跨って立地している。

セシウム禍《か》くぐりくぐりし山川や今福島に起ち上がるなり

名も知らぬ大鳥さ庭に啄むをひかる嘴《はし》もてセシウム絶やせ

うつくしまなんて福島　煽《おだ》てにし乗りて揺られて地獄島とぞ

阿武隈川そらの奥処ゆ流るるかうつくしまなんて自惚れも又

獅子となり吠ゆるわれぞやいつか成る核融合のその悪業《あくごう》を

ああ福島　失いし森呼ぶ声の千切れちぎれて痛みが走る

〈Ⅱ〉再起の譜

辛夷パレード

自らを嗤《わら》うも混じり福島の〈辛夷通り〉に辛夷パレード

辛夷通り辛夷の花の声援にトップ走者となりゆく心

福島や辛夷通りの花明かり　おお終《つい》の吾《あ》のゴールイン見ゆ

早駆けに走れよ走れ風抱《いだ》き走れば終《つい》を羽搏きますか

春一番ふわっと吹いてシャガールの絵のように私を攫う昼です

この街に山のふところ深きなれ　手繰りたぐるを辛夷咲く道

道　草

道草を食ってゆきませ　デパートのマネキン人形に腕差し伸べる

この腕に摑まりなされ　何処までもあの空までもお供しますよ

お嬢さん身軽でしょうか　ぬばたまの闇も津波にさらわれたから

大津波に残りたる松　地に深く張りたる根もて歌汲み上げよ

白き包帯巻きてやりたし舞子浜津波の痕の痛々しきを

舞子浜はいわき市にある海岸。

花粉媒酌人

花粉付け雄蕊と雌蕊めあわすにしんしんとしててのひらの闇

継ぐ子無く伐らるる林檎樹　月をのせ砂漠移動の駱駝の背かも

嫁の来手《きて》まだ無き長子ら剪定の切り口をもて申すは何ぞ

花粉付けに雇われし嫗てのひらの一とき農の闇にひらめく

蝶となり雄蕊と雌蕊めあわせつ　めあわせ終えて残りの夕陽

嫁をとる村の糸口ありありとこんな深みに梨花の婚

海はピアノ

詩人タゴール印度の海のはるばると天心の海と出逢いし五浦《いづら》　〈1〉

五浦は岡倉天心縁の海。
天心と親交があったインドの詩人タゴールはこの地を訪れ、親しんだ。

ああ海は乱打のピアノ原発のそびらひた打つ警鐘なるを

大地震に地が揺れ町がこぼるるをこぼれざるものわれにありしか

大津波　さらい残ししをこの浜のくれないカンナ起つ心こそ

のちの世にこの大津波たぐりなばおお白亜紀に連なる砂丘

コーラスの児らの咽喉《のみど》の暗きより汲んでも汲んでも尽きぬ歌なり

木の間《あい》を器《うつわ》となして光る海　風あれば風にこぼれんばかり

目つむれば暗き海より海草のゆらゆら揺れて起《た》ちくる死者ら

海底ゆ未だ戻らぬ霊いくつ陽炎ゆらゆら立ちて招くを

訪ねしに防潮堤が遮るをみえぬ古里みえぬ我はや

古里の山を登れば海が見ゆ　光りてわれに立つ波もみゆ

むかし海はピアノなりしよ　母の歌本音の歌の尽きぬを汲みて　〈2〉

セシウム禍痛々しきを古里の呼んでも呼んでも遠退くばかり

この海は驚きばかり古里に手繰りたぐるを尽きぬ波立ち

津波後に海が戻るを闇深夜額《ひたい》光らせ死者も来ている

この海はやさしき母胎多くのうた孕み孕める卵巣持つを

妻が逝き鳴砂の浜に鳴る歌の何処までゆけば尽きるだろうか

四季徒然（その一）

浜昼顔津波に耐えて残りしをそのしたたかさ移さんわれへ　〈夏〉

扇風機回しまわせば生《あ》るる渦多くの渦をわれへみちびく

田植終え雨降り来れば蛙らの啼き競うなり魂奮うまで

橅林はわたしの拠《よ》り処《ど》　福島に水立つ心透きて見ゆるを

汝《なれ》の翅戻っているね初なつの窓辺さやさや訪う小鳥らに

少子化の流れを変える大臣《おとど》らへ阿武隈川の旗振るいなさ

「いなさ」は夏に南東から吹く強風。

夕顔にすがりて宙を攀ずるかも妻亡き夕べのわれの独り居

この夏の夕顔の花　木を攀じり木の耳となり聴く天の声

宙攀じり凌霄花《のうぜんかずら》燃え立つを被曝われらの心ならずや

強風に凌霄花揺るる炎《ひ》の独り歩きを愉しむような

隣り家の凌霄花背伸びして覗きいるらし我が家の様を

ほうたるは妻ぞと思うほうたるの命過《よぎ》るをじっと見送る

最高のひと世なるなり　百日紅ふちどる朝のみち走りゆき

台風は又来るらしも台風はあな闘牛のひらめける角《つの》　〈秋〉

この夕べ蹌踉《よろ》めく我か稲妻の遠ひらめきに影攫われて

束の間を六号線の欠けておりセシウム深野に霧立ち込めて

秋深みこの山川にもみじばのくれない深きは手繰れど尽きず

この町の紅葉通りの炎立ち其《そ》に急《せ》かさるる滅びのみちぞ

この箒　もみじ葉付くがゆとりとや著《しる》き汚染の福島を掃き

癌ひとつ熟るる身なれば緋柘榴の裂けて火炎を吐く日のありや

薄が原すすきの髪に紛れしを我の知るわれ　我知らぬわれ

薔薇が咲き薔薇が笑って歌ってる　詩であるような詩でないような

稲妻の閃き移しに福島を原発詐欺師へ売りし為政者

四季徒然（その二）

福島やセシウム深野　悔い深野分けてぞゆくを何処までも冬

〈冬〉

雪の壕セシウムの壕　福島は何処暴きても鬼の壕とぞ

被曝禍に妻逝きわれの独り居に風のノックが洞《うろ》を深くす

原発のメルトダウンに葉牡丹の巻き戻しても癒えぬ町はや

豆撒きの豆もて討つを福島にセシウムの鬼プルトニウムの鬼

雪積みて撓い撓うを南天の弾《はじき》となりて討てセシウムを

復興へかじかむ指を震わせて笛をし吹かな咽喉翳るまで

さらば冬　阿武隈川に雪《ゆき》解《げ》水《みず》弾み弾みて楽奏ずるを
歌を知る鷗なりしか鷗なる妻ゆえ海のうた競いしを

古里やみるみる遠退く海と歌　喇叭水仙のらっぱに呼ぼう　〈春〉

咲き盛り咲き極まりて朝戸出の我が足止むる椿の首か

真椿の紅《こう》の中より抜け出《い》でて尽きるを知らぬわたくしである

滾《たぎ》る血のそんな近くに鳴く声の鶯ぞ其《そ》は汝《なれ》かも知れぬ

原発の町のしこりが解けるがにほら鶯の声ぞこぼるる

鶯の初音こぼすな木道を駆ける幼ら静かにしずかに

セシウムに塞ぐ我が窓ひらけとや友は浅間の春を送り来《く》

木の芽立ちみんな立つから福島の復興も見えて来るようですね

花水木《はなみずき》縁《ふち》取る道ぞ鼻歌も乗せてマイカーのアクセル踏むを

橅の樹を攀ずる水音　阿武隈のそのしたたかさありありと聴く

目をやれば吾妻の山の雪兎跳ね出でざまにもう春ですね

セシウムに負けてはおれぬ競《きお》い立つ春一番にわが押さるるを

春立てば日差しも音譜雲間よりうらら　うらうら弾んでくるね

たった今あやかりたしよ雲雀ひばり眩《くるめ》き閃き宙攀ずれるを

雲雀雲雀ひかりのつぶて降り降るを精気《せいき》のごときが地に満つるなり

啓蟄の虫らも揺りてこの荒野福島にこそ吹けファンファーレ

ゆとりある日に

朝《あさ》採《ど》りのくれないトマトみずみずと希望熟るるを抱《いだ》くてのひら

津波にも耐えて残りし昼顔の花さやさやと起つ心ぞや

馬鈴薯のその芽その角《つの》除きしを撫づればつるり　こけしのような

相乗りにボート漕ぐ櫓の白々と鶴の両翼水面蹴るさま
赤裸々なおのれを示せすべすべのそのおのれこそ輝くものを

夕焼けは何も知ってる夕焼けが私に向かって赤んべをする

鮒目高小鳥ら連れて古里に元の小川の戻る日ありや

鮟鱇の嗤い

セシウムは喰っても喰っても尽きないね県外産の鮟鱇嗤う

セシウムら来るなら来《こ》よと吐く火焔　カンナの花の咲き極まるを

セシウムは賊にしあればキラウエアの熔岩流を其《そ》にみちびかん

花火爆《は》ず　福島の空傾きて火がこぼれたり闇こぼれたり

遠花火　山の向こうの明るむをこの世の奥も見えくるような

目指したる原発成らず津波にも遭わぬを怪我の功名とせん

原発を招きし人らシジフォスの刑とし受けよその廃炉こそ

原発へのノックと応答

嘗て、「未来にノック過去世にノック」しつつ、東電福島第一原発を訪いしことあれば、

原発は我のノックに答えてや惨あり惨の凄まじきかな

核融合終《つい》の目標と学者言う太陽盗むその愚かさを

原発に問いしは幾つ原発の終を答えし一つも無きに

ああといえばおおと答えて春山の木霊《こだま》返しに弾む心ぞ

木枯らしは一つずつ何か攫いゆく攫われたれば澄みゆく心

原発の送電線が延びる丘手繰っても手繰っても尽きぬ冬なり

ノック幾つしつつ原発訪いし吾《あ》に答えはうつつとなりし惨はや

うつくしまなんて福島　原発の爆《は》ぜてだぁれも居ない町です

奔馬鞭打つ

風吹けば風に向かいて光りつつ翼となるや馬のたてがみ

奔馬はや雲にし乗れよ被曝禍の福島盆地蹴り立て蹴り立て

わが奔馬尻向けて蹴れ福島を其《そ》が泣き濡れて後ずさるまで

馬の背の撓めよ撓め福島の夷狄《いてき》討つべき矢を番えんか

我が歌の遠き奔馬を呼ばんとや盲《めしい》の友が誘う牧場《まきば》に

桃花の咲くところより跳ね出でし馬あり馬を移さん我へ

烈風に撓い撓うを奔馬の背コロナウイルス討つ矢番えよ

雪解水の詩

起ち上がれ起ち上がれとぞ雪解けの阿武隈川に言うのみならず

水仙の喇叭吹け吹け雪崩れ来る盆地の春を一気に呼ぼう

風の夜を阿武隈川の音聴こゆ天ひた分けて流るる聴こゆ

風向きの変われば聴こゆ阿武隈の滾《たぎ》り滾れる雪解の水や

桃のはな梨ばな林檎の信夫野《しのぶの》に古関裕而が今咲いてます

弾みつつ阿武隈川の流るるか芽吹きの山の光も入れて
烈風に撓い撓うを羽搏きの私が挙げる声尽きるまで

古里に流るる川よゆったりと我の中より歌をみちびき

春きざす空も入れてや摺上川滾《たぎ》ち流るる　私のこころ

摺上川は阿武隈川の支流。急流で知られる。

続文明論

古里の海は津波が攫いしを遠くの丘に佇てば見ゆるか

大地震《ない》に地は揺れ天も傾きてこぼれこぼるる文明ぞ　ああ
文明をとどめんとてや道沿いのサルビアの朱《あけ》われにつらなる

文明は滅びへのみち真っすぐに台風までも運んで来るか

火事あれば死者出《い》ず死者の当然に文明は今殺人者だね

福島にコーラス少女の喉震い湧きのぼりくる悲歌ぞ尽きざる

飛行機雲　入り陽の光曳きゆくをゆっくりゆっくり曳きゆきなされ

コロナ来襲

文明よ何で急ぐの外《と》つ国ゆコロナウイルス運びて来るを

其処に今コロナがいるね竹藪の風のざわざわ血に響くまで

子等と吾《あ》に別離の如き空間を其処に置くかやコロナウイルス

人類の終《つい》をとどめん術《すべ》なきや累々と迫るコロナ来襲

コロナ来襲　敵機来襲に重ねつつ思うを戦争末期の世代

凌霄花《のうぜん》のひたに攀ずるを何処らまで昇らばコロナ退《の》くが見ゆるや

新型コロナウイルスの渦　大渦にざぶりと令和も巻き込まるるや

戦争末期世代

教育は銃剣よりも閃きて攫い攫いしわれの青春

白鳥の飛行演習眺めおり　死の順待ちし兵らに連ね

鴻毛の軽き身なんて謳われて戦闘要員に組み込まれしか

戦争末期に出会いしわれら戦争に志願してまで馳せしは何ぞ

戦友《とも》の地の新燃岳の熔岩流　われのマグマに連ね見る日や

コロナの諸相

カミュ氏の「ペスト」を憶う　近くまでコロナを運ぶ文明憶う

稲妻の遠閃きに裂きゆかんコロナ地獄のわれの夜戸出《よるとで》

人類の終《つい》も見よとやコロナウイルス牙むき出しに嗤うを憶う

いずこまで歩めば悪さが止むのだろうコロナウイルス蹴落せ海へ

コロナウイルス連なり来るに気が付けば皆《みんな》マスクを掛けて知り人

放射能運びくるなと疎まれし児に重なるをコロナ運び屋

人混みの人の背越しに振り向くを噫《あな》人面のコロナウイルス

文明の利器が運べるコロナウイルス大地の奥の病なりしを

指濡らし捲《めく》る紙幣のひたひたと死の運び屋のコロナ近づく

この列島《しま》を大地に連ね文明が死のウイルスを運びて来るも

カンナ燃ゆ信号機より真赤きにコロナウイルス止《とど》まれ止まれ

稲妻の閃くところ　ざわざわと起つ分身のコロナに怯ゆ

福島や私の深み何処らまで下りればコロナの底つくらんか

人類のひとみ欲しがるコロナらか我ら真赤きまぶためくるを

風に起つ

妻逝きて支え無くしし身にあれば烈風のなか撓うる一樹

復興へ両手の拳《こぶし》握りたり希望さらさら零《こぼ》さぬように

この夕べ天に上げつつ聴きいるを阿武隈川のその水の音

阿武隈川風に起《た》つ波　はたはたと旗の如きに励まされおり

「すさのお」に負けてはおれじ阿武隈川朝の陽浴びて大蛇となれよ

雪解水滾《たぎ》るを容《い》れて川一つ今福島に楽奏でんか

山の井に汲むを精気の限りなし病なんぞに負けておれるか

烈風に削がれ削がるる裸木の芯持つわれか九十五歳

風のなか反《そ》りつつ立つを噴水の何にも負けぬ心見よとや

負けないぞ

負けないぞ負けてたまるか何処までも橅林のなか水起《た》つこころ

海よ其《そ》は選びし舞台　老いトドのうおーと吠えてがばと伏さんか

あとがき

『鳴砂の歌』に続く第十六歌集は『虎落笛《もがりぶえ》』と題し、主として二〇一九年四月以降の作品に前歌集で収録しなかったものと一部書下ろしのものを加えた三一五首を以て編集構成しました。虎落笛とは、強い冬の北風が竹垣やさくに吹きあたって鳴る笛のような音のことですが、これを私は過酷な冬を潜り抜けて奏でる音楽性の透明感のようなものと受け止め、現に私が置かれている環境条件、わけても被曝地福島の地から起ちあがろうとする前向きな意思表示の軸心に据えようとするものであります。すなわち、前編を「落暉の譜」とし、後編を「再起の譜」とする二譜仕立ての構成の中に収め、余剰を削ぎ落しての簡潔な響きを求めるものであります。

二〇一一年三月一一日（平成二三年）の東日本大震災と同時発生の東京電力福島第一原子力発電所事故から九年が経過しますが、この間被曝地福島を主要テーマとしたものは『姥貝の歌』『渚のピアノ』『警鐘』『鳴砂の歌』それらにこの度の『虎落笛』を加えて五冊になりますので、一応の区切りとするものであります。言ってみれば前歌集でも触れた原発石棺の日々からの詠唱でありますが、東日本大震災以降のしめくくりとして私の愚かな詠唱のありのままをここに示すのであります。ああ詩《うた》とは裸の心。それが今の心境です。そして、今後の問題としては、目指しております口語定型短歌詩の追求とその纏めの仕事を己に課したく思うのであります。今回はこのような作品も幾らか挿入することによって、編集の過程で主観の客観化のために役立てようと試みました。

申しおくれましたが、昭和二二年「潮音」入社以来、ご指導をいただいた今は亡き四賀光子先生、太田青丘先生及び太田絢子先生に対し心から感謝申し上げます。とくに、四賀先生には戦後に於ける私の青年時代の短歌の手解きをはじめ、作歌の基礎を培っていただいたので、こんにち私が歌人の端くれにつながることができますのは四賀先生から受けた恩恵の限りない深さによるものであります。ここに繰り返して述べ、青丘先生の忘れ形見で現「潮音」主宰の木村雅子先生に感謝申し上げる次第であります。

また、このたびの歌集も常日頃お世話になっております角川文化振興財団『短歌』の編集長石川一郎氏をはじめ、編集部の打田翼氏らの皆様に前歌集『鳴砂の歌』に続いて特段のお世話になりました。心から御礼申し上げます。

令和二年八月

波汐國芳

著者略歴

波汐國芳（なみしお・くによし）

1925年、福島県いわき市に生まれる。

1947年、「潮音」に入社し、太田水穂・四賀光子に師事。

その後「新墾」「露草」「白夜」「環」にも関係する。

1950年、北川冬彦の詩誌「時間」同人としてネオ・リアリズム詩運動に参加する。

1955年、第三回「短歌研究」五十首詠入選。

1980年、白夜賞受賞。1989年、潮音賞受賞。

1995年より福島県歌人会長を二期（四年）務める。

福島民友新聞歌壇選者（1988～）。

朝日新聞「福島歌壇」選者（1995～2009）。

既刊の歌集に『列島奴隷船』『断裂系』『青潮』『薔薇の返礼』『遠稲妻』『水炎』『夕光の落首』『落日の喝采』『マグマの歌』『那須火山帯』『炎立つ道』『姥貝の歌』『渚のピアノ』『警鐘』『鳴砂の歌』の15冊がある。

2003年、第八歌集『落日の喝采』で第六回福島県歌集賞受賞。

2004年、福島県文化振興基金より顕彰を受く。

2004年、福島市教育文化功労賞を受く。

2007年、第九歌集『マグマの歌』で第三十四回日本歌人クラブ賞受賞。

2009年、福島県文化功労賞を受く。

2010年、地域文化功労賞（文部科学大臣表彰）を受く。

2017年、第十四歌集『警鐘』で第三十二回詩歌文学館賞を受く。

現在、「潮音」選者。「白夜」選者。

ＮＨＫ文化センター短歌講師（2004～2016）。

ヨークカルチャーセンター福島短歌講師（2016～）。

現代歌人協会会員。日本歌人クラブ東北ブロック参与。

福島県歌人会顧問。歌誌「翔」編集発行人。

歌集　虎落笛《もがりぶえ》

2020年11月25日　初版発行

著　者　波汐國芳
発行者　宍戸健司
発　行　公益財団法人 角川文化振興財団
〒359-0023 埼玉県所沢市東所沢和田3-31-3
ところざわサクラタウン 角川武蔵野ミュージアム
電話 04-2003-8717
http://www.kadokawa-zaidan.or.jp/
発　売　株式会社 KADOKAWA
〒102-8177 東京都千代田区富士見2-13-3
電話 0570-002-301（ナビダイヤル）
https://www.kadokawa.co.jp/
印刷製本　中央精版印刷株式会社

 ISBN978-4-04-884395-9 C0092